Les bagues aux doigts

Les bagues aux doigts

Ève Winter

REGENT PRESS

BERKELEY, CALIFORNIA

De la même autrice:
— *Arcanes pourpres*
— *Exquises alcôves*
— *Et sur ma peau se lovent ses mots*

Manufactured in the U.S.A.
REGENT PRESS
Berkeley, California
www.regentpress.net
regentpress@mindspring.com

Demandes en mariage

Sommaire

La Plus monnayée

Caty. Curieuse l'orthographe de ce prénom. De toute évidence il manque un h après le t. Nous sommes aux États-Unis et en anglais Cathy se prononce Casssy, le th se faisant chuintant, et manifestement les parents ont souhaité une prononciation à l'européenne.

Caty a cinq ans et de gros problèmes d'apprentissage alors ses parents m'ont engagée en tant que professeur particulier afin que j'y remédie.

Sa mère Yolanda est équatorienne issue d'un milieu peu favorisé et son père Karl est américain et à la tête de plusieurs garages et concessions automobiles, pour certaines spécialisées dans les voitures de luxe.

Leur enfant présentant de sérieux à-coups sur la route du curriculum, je rencontre donc beaucoup Yolanda et Karl pour leur faire part des efforts et des progrès de Caty.

De l'herbe fraîche pousse sur le plancher de ma vieille jeep et de la mousse sur le toit. Détails champêtres qui vont m'amener à fréquenter le garage du père de Caty. J'ai payé mille dollars cette jeep ayant plus de 300 000 miles lorsque je suis arrivée à Berkeley après y avoir obtenu mon permis de conduire californien dont j'ai passé l'examen de conduite en latin (une autre histoire incroyable, je dois être la seule au monde à avoir eu un examinateur qui m'ait dirigée en latin) et elle a fait son temps cette jeep comme la nature exubérante qui se met à croître en elle me le fait remarquer. C'est une jeep qui me plaît toujours et j'aimerais la même avec un plancher débroussaillé. Elle est couleur argent, je n'ai pas choisi sa couleur, mais la neuve que je m'apprête à acheter, je l'aimerais bien blanche. Karl me dévoile la même jeep au fond de son garage, neuve et invendue car levier de vitesse, peu populaire aux États-Unis, et peinture blanche. Génial! C'est ce que je voulais. Affaire conclue, quelques années de crédit mais j'ai une jeep toute neuve dont le plancher n'est pas à tondre.

Le temps passe. C'est sa mission.

Caty a huit ans. Elle est, sur requête de ses parents, toujours entre mes mains. Le lien s'est tissé et les progrès sont venus. Toutefois je me suis aperçue que le cerveau de cette enfant ne présentait aucune anomalie mais que c'était plutôt de la relation parentale que venaient les interférences cérébrales. Couple bien peu assorti assurément en conflit. Elle à l'anglais roulant et basique et au look gâteau à la crème, lui vingt ans de plus avec l'arrogance que donne l'argent tout puissant et au look taille XXL. Immense maison piscinée sur trois étages où je veille sur les devoirs de Caty. Sa chambre déroule une superficie équivalente à cinq fois mon espace de vie et sa salle de bains attenante me fait rêver.

Le temps passe encore un peu. C'est toujours sa mission.

Et voilà Caty au collège. Ses parents me demandent de l'aider encore à progresser. Caty est ravie.

Ma nouvelle jeep blanche me sied toujours à merveille et ce jour-là je suis sur l'autoroute et je dois passer sous un des nombreux ponts du réseau routier sanfranciscanais. Pont en construction au-dessus de ma tête et soudain j'entends sur le toit de ma voiture floc, ploc, floc, ploc, ploc.

Le temps de réaliser que le béton utilisé pour la construction du pont a chu sur ma jeep, je m'estime chanceuse que ce ne fût pas sur mon pare-brise…

Effectivement, à l'arrêt, je constate les dégâts, il y a une coulée de béton qui a pris sur le toit de ma voiture. Super!

J'appelle Karl qui me dit de passer au plus vite au garage et rendez-vous est pris pour le lendemain à 11h30.

Après avoir évalué la tache et la tâche, il m'informe qu'il y en aura au moins pour quatre heures de remise à neuf et me propose d'aller prendre un burger aux alentours en attendant l'issue du labeur. Il me convie dans sa Mercedes décapotable, vintage et dorée.

En chemin il me narre toute l'histoire de ce véhicule qu'il chérit tant.

Je remarque, entre deux descriptions de cet amour voituresque, que nous passons les Burger King et consort et que nous arrivons dans le somptueux jardin parking d'un restaurant très étoilé.

Karl y est connu et y a son chef. Celui-ci se présente à moi et m'installe confortablement en s'assurant du fait que tout me soit parfait. Je reste un moment interloquée puis m'enquiers du changement de décor de Mac Do. À quoi il me fut répondu qu'il y avait quatre heures d'horloge à décimer, autant les laisser s'égrener le plus agréablement possible. Sur ce, Karl s'empare du menu et après s'être assuré du fait que je n'avais rien contre le homard, appelle le chef et lui indique.

La complicité étant telle entre ces deux, je ne sus jamais ce qu'il lui indiqua mais le fait est que ce repas fut l'un des plus extraordinaires que je connus. Cependant si mes sens olfactifs, le vin était suprême, et gustatifs furent plus que comblés, les trois autres eurent à se plaindre, notamment l'ouïe.

"Liz [oui c'est moi] Caty s'épanouit avec toi, elle t'aime vraiment, tu as tant fait pour elle. Je t'en serai toujours reconnaissant, grâce à toi elle a pris un bon départ dans la vie."

Curieux, je n'avais jamais perçu le cœur confiture de cet homme toujours guindé et sérieux avec toutefois un côté que je sentais élimé par les rugosités de la vie. Pourtant, l'argent.

Le homard s'est alors révélé délice car j'ai pensé que ce repas était un acquittement de bienfait. La suite me fit réviser ma perception.

Comme un flot de sanglots qui soulage l'âme son flot de paroles m'engloutit. Et le homard prit un goût insipide. L'excellent vin qui le mariait fut salvateur. Je compris pourquoi les quatre heures d'attente seraient aisément comblées. Je ne sais pourquoi mais j'ai des yeux et des oreilles qui aimantent les confidences de tout un chacun.

Le tableau de la vie de Karl, digne d'une tapisserie du Moyen-Âge, de celles que l'on déroule sur huit mètres de long, s'étala à ma vue. L'épopée la plus travaillée étant: lui en souffrance paroxysmique après le décès de la femme qui donnait un sens à son existence. C'était la passagère de la Mercedes vintage. Voilà donc le côté élimé que j'avais pressenti.

Karl m'évoque ensuite l'origine sud-américaine de cette femme d'exception et, excepté pour la taille il me fait part de ma ressemblance avec elle, surtout les yeux et les cheveux bruns.

Première lumière rouge allumée dans ma zone frontale cérébrale.

Yolanda, la mère de Caty, cousine de la défunte lui fut présentée afin de le consoler et de retrouver auprès d'elle son grand amour passé, le lien familial aidant. Hélas elle ne se montra pas à la hauteur et il la répudia. L'histoire aurait dû s'arrêter là. Coup de théâtre Yolanda lui annonça: je suis enceinte.

Il la toléra auprès de lui dans son immense maison par respect pour son enfant à venir mais ne put jamais lui pardonner. Les difficultés de Caty prennent sens.

Combien je peux comprendre les hommes pris à ce piège infâme qui ondule les sentiments de gentleman et de colère outragée.

Le dessert arbore un air de suspense. J'y plante ma cuillère autant sophistiquée que la denrée et me stoppe avant la montée du bras vers ma bouche arrondie.

Mon temps de paroles 2 minutes 50, le sien 2 heures dix. Je ne vois toujours pas avec netteté son épilogue. Naïve que je suis.

Soudain il approche son visage du mien, me prend la main et me susurre:

"Liz, est-ce que tu veux te marier avec moi?"

Tout se fige autour de moi. Je vois ses yeux bleu pâle derrière ses lunettes de marque et j'opte pour la clémence.

— Karl pour moi le mariage est lié à l'amour.

J'ai commencé tout doux mais le voilà

qui s'emballe. Il n'est guère habitué à être contré et contrarié.

Il me parle alors de bijoux, de diamants magnifiques qu'il voudrait m'offrir. Je réponds que je trouve les bijoux admirables mais que je n'y suis pas tant attachée que cela. J'adore les diamants mais un tout petit livré avec une loupe me suffit. Il ne goûte pas l'humour, ne se décourage pas et contre-attaque en me demandant ce que j'aime le plus dans la vie. Je passe intelligemment sur le côté faire l'amour avec l'homme que j'adore et je réponds: voyager.

Il s'enquiert alors de la destination et m'assure que nous pouvons partir dès que je suis prête, affréter un jet privé ne l'entrave guère.

Comment trouver les mots pour lui dire qu'une femme ne s'achète pas. Du moins pas moi. Il ne comprend pas, à ma place il n'hésiterait pas une seconde au vu de la vie de rêve qu'il peut m'offrir. Je serais la belle-mère idéale pour Caty – oui mais Yolanda existe – je serais son grand amour – de substitution

– j'aurais une vie de plaisirs – le plaisir est aussi dans l'âme. Le bonheur ne se bâtit pas sur des cendres fumantes.

Je me vois clone d'amour soumis et conciliant pour équilibrer la balance et je frissonne. Sans compter le sexe. Faire l'amour avec un homme que je ne désire pas m'est impossible.

Il est touchant mais que faire, que dire. Nous nous dirigeons vers le garage et je pense qu'il a compris. Que nenni! Un homme à la tête d'une telle fortune est un requin, il ne lâche pas sa proie, ses dents sont conçues pour cela.

Arrivés au garage, péremptoirement, il m'entraîne dans son bureau, moi qui voulais des nouvelles de ma jeep.

Spacieux, meublé avec goût, il y a, fait antinomique pour un garage, des œuvres d'art.

Il me demande de m'asseoir près de lui et prestement déverrouille son ordinateur et me montre son…. compte en banque. Au cas où je ne l'aurais pas cru. Je n'ai jamais vu de si longs nombres alors j'y jette un œil abstrait et ne réagis pas. Têtu, il me montre ensuite le compte en banque de Caty. Ma mémoire a retenu les deux premiers 6 suivis d'une multitude de zéros. Six millions, soixante-six millions que sais-je? En attendant pas de souci d'avenir pour cette jeune fille à laquelle j'ai appris à lire et à compter, toujours utile. Il pense m'avoir convaincue à coups répétés de billets verts, je lui demande alors la facture pour ma jeep débétonnée.

Caty a plus de trente ans aujourd'hui et est à la tête d'une fortune colossale, elle m'a totalement oubliée.

Yolanda est rentrée en Équateur sans héritage.

Karl est mort il y a cinq ans.

20

La Plus fantasque

1930. De cette année, tout doit être respecté.

C'est Alix ma chère amie qui m'a conviée à l'évènement. Chaque année au "château" se rassemblent les nostalgiques du swing.

Sur les hauteurs d'Oakland une bâtisse blanche. Sobre mais toutefois point de mire grâce à sa mise de lys. C'est le printemps, alors vert. Mise en valeur avec ces deux tons tranchés de ce que tout le monde appelle ici "le château". On est à 11 000kms de Versailles, on peut alors pardonner ce vocable qui s'utilise pour les deux endroits tout en n'y ayant pas le même rendu.

Je porte une ombrelle bleue, une robe longue bleue, une capeline bleue et des chaussures sable. Détails d'importance, pour être accepté à la fête, il faut y arborer un look années 30, y arriver en voiture années 30, y apporter son pique-nique avec tous les accessoires années 30 et savoir danser le fox-trot.

Heureusement, Alix comme à son habitude a tout prévu. Wendy son amie couturière m'a confectionné une robe sur mesure avec tous les effets qu'elle collectionne pour cette journée d'exception. Une chance, Wendy et moi avons la même pointure, elle me prêtera ses chaussures 1930.

C'est elle qui choisit ce bleu un peu pâlichon à mon goût mais qui s'accorde bien avec le mordoré de mes cheveux. Tout est assorti, la capeline, l'ombrelle, les bijoux, pour ces derniers peu je lui réclame, je déteste me sentir arbre de Noël, et point d'orgue, l'allure...

Curieux comme l'habit fait le prêtre, je me sens propulsée 70 ans en arrière d'un coup. Vertige agréable.

C'est un club très fermé que cette garden party super spéciale et Alix m'a laissé sa place. Elle y assiste tous les ans, cela ne lui manquera pas, et elle souhaite que j'y rencontre un homme décent. Trop belle amitié que celle d'Alix.

Dans la file d'attente pour l'entrée, il y a un homme qui monopolise mon regard.

Je suis fascinée par sa moustache, puis sa coiffure, puis ses vêtements, puis sa canne, puis ses chaussures. On dirait un vrai. Tant d'application à respecter la règle de 1930, m'enivre. Même pas l'atmosphère d'un film, non, l'authentique. Fabuleux. Je me régale des atours alentour. Les robes des femmes bien sûr ont leur cachet mais ces hommes années 30 m'ancrent dans l'époque bien plus que toutes ces fanfreluches qui s'ébrouent autour de moi.

Avec Wendy nous prenons des photos de nous près des voitures toutes garées comme des laitues plantées dans un potager. Elle a la pose facile avec son ombrelle parme, moi moins. Je suis gauche.

Ces voitures 1930 toutes rutilantes comme sorties d'usine la veille qui nous servent d'arrière-plan, sont un spectacle à elles seules. J'ai une très forte passion pour les voitures et les avions. Alors une à une je les pointille. Il y en a au moins une trentaine et je les caresse toutes de mes yeux agrandis. J'aime l'odeur du cuir qui s'en échappe. Puis j'arpente la colline et en viens à visiter le château. L'intérieur est aussi monastique que l'extérieur. Aucune grandiloquence, aucune mise en valeur. Qu'il soit là est déjà une fin en soi.

De petits groupes se sont formés et s'installent après avoir étalé leur plaid sur l'herbe. Je m'assieds près de Wendy qui me présente aux convives. Après quelques minutes la conversation m'ennuie tant que je me décide à marcher et soudain le paysage se voile. Des larmes s'accrochent à mes longs cils. Je déambule comme ma vie déambule, sans orientation. Je me sens seule à mourir.

Des éclats de voix sur ma gauche et je reconnais de l'italien. Trois jeunes hommes photographes m'interpellent. Ils font partie de la presse autorisée à œuvrer parmi ces profonds nostalgiques et me montrent la revue de mode italienne pour laquelle ils travaillent. Ils m'expriment combien mon air mélancolique sied avec le décor ainsi que le bleu exquis de ma toilette et me demandent s'ils peuvent me photographier. Je me prête au jeu, futile distraction qui effiloche mes sentiments d'être perdu.

Puisque rien ne m'importe en l'instant présent, les poses sont aisées et les photos réussies. Les journalistes italiens me remercient chaleureusement et s'estompent dans la foule. Je réintègre le groupe prêt à déjeuner

Wendy ouvre le panier pique-nique et je trouve les délicieux encas qu'Alix m'a préparés. Aucun plastique, aucun papier alu, aucun ersatz de ce monde moderne qui s'avèrent démons. La conversation est encore une fois insipide et imbuvable durant ce partage de victuailles à l'antique. Ce qui m'éblouit le plus: le visage attentif et bienveillant que les hommes-compagnons déploie devant cette rivière de mots que les femmes laissent couler de leur bouche à l'éclat carmin. Le pire, elles ne sont même pas belles et leurs énoncés ne rattrapent vraiment rien. Une banalité sidérante. Je reste sans voix, sans commentaires et même sans écoute. Je mange en regardant le ciel et les oiseaux.

La guinguette me sauve, l'orchestre se prépare, on va pouvoir guincher.

La piste de danse est de petite taille et j'aime le ruban d'ampoules aux couleurs vives qui la délimite. Encore un peu de champagne histoire de bien m'imprégner des lieux la coupe à la main en attendant les premiers danseurs.

J'avise une petite table bistro et je m'y poste pour avoir tout le loisir d'admirer les couples qui se pressent pour illustrer la musique. Celle-ci est vive, entraînante et je m'aperçois que les danseurs maîtrisent à merveille ces pas d'un autre temps. Le spectacle me plonge dans ces années lointaines et je rentre dans le jeu. Nous sommes bien en

1930, j'en ai la preuve sous les yeux.

Wendy veut m'apprendre à danser le fox-trot. Un: je déteste plus que tout danser avec une femme, deux: mal coordonnée, il m'est difficile d'imposer à mon corps la moindre chorégraphie. Je lui adresse un non de la tête, mais soudain je sens deux mains impétueuses sous mes aisselles. Mais qui ose donc? À peine le temps de me retourner que me voilà entraînée sur la piste. Il porte un gilet en jacquard aux tonalités grises, sourit à flots, n'est pas vraiment beau et totalement tyran. Je m'essaie aux pas qu'il m'enjoint de copier et je me sens godiche. Les chaussures de Wendy ont un tout petit talon, cela ne m'est pas coutumier. Après beaucoup d'attention et d'efforts je réussis enfin à me caler sur Richie. Il rit sans cesse, il est à la fête, je suis en débâcle. Je me lâche et me décolle de lui pour rythmer la musique comme je le veux.

Qu'à cela ne tienne Richie plagie et je souris. Il m'invite à étancher une soif bien naturelle après toutes ces gesticulations. Aussitôt le verre posé, le voici qui me prend la main et me dirige vers les voitures. Il veut me présenter la sienne. Une magnifique Bugatti vert amande! Et il me propose un petit tour. J'en rêvais. J'adore tout. Le son du moteur, l'air qui avive mon visage, la sensation unique d'être dans une autre ère avec ce véhicule comme sorti d'un film. Richie stoppe. Oh non pas déjà! Il m'indique de l'index une maison au loin. Il y a trouvé un trésor. Heureusement nous ne sommes pas trop loin du château, je peux m'enfuir. J'ai assurément affaire à un cinglé mais je me vois écouter son histoire avec attention. Il y avait une malle dans un recoin du garage de chez sa grand-mère qu'il dénicha après avoir cherché je ne sais plus quoi et fouillé coins et recoins. Il l'ouvrit et… tout scintilla. De l'or. En riant il me déclare je suis très riche, ah je comprends mieux le prénom. J'aimerais tant conduire cette voiture. J'ose? Je n'ose pas? Je n'ose pas mais lui réclame encore un petit tour de voiture et de danse. Pour la danse, il le fallait bien, juste donner l'impression et pour surtout revenir en terre connue. Après une sorte de java je dirais, je file raconter à Wendy Richie, la Bugatti, la maison de la grand-mère, la malle, l'or. Oui bien sûr tout le monde sait cela dans la communauté et tout est bien vrai. Richie est riche. Pourquoi s'en vanter à une inconnue? On dirait qu'il t'aime bien réplique Wendy. Moment suspendu, neurones électriques. Pas trop réciproque mais mon côté sauvageonne indomptable peut fausser le tableau. Brève analyse implacable et verdict, il ne me convainc pas. Je prends conscience de la différence culturelle. L'argent est l'arme de la séduction fatale. Les femmes y sont ultra sensibles quitte à passer outre sur les autres critères, alors autant sortir l'atout maître tout de suite. Quelle bizarrerie. Pour moi le paon ébroue sa roue mais je vois des plumes décolorées à masquer.

Ma sensibilité à la séduction réside ailleurs, dans l'immédiateté ou dans le mystère. J'aime l'esprit, la sophistication, la subtilité, l'humour, la délicatesse et l'art d'aimer. Dans ce monde de matérialité, qui s'embarrasse de nos jours de telles valeurs.

Je comprends aussi que cet étalage de biens garantis me rebute. C'est trop terre à terre, trop résumé, alors les femmes sont belles et les hommes sont riches. C'est ça?

Petite oie blanche que je suis qui cherche le rare. Et ne le trouve pas.

Des éclats de rire près de moi me font revenir à l'actualité. 1930 et le bal. Et une volée de femelles qui caquettent autour de John. Oh John! Cher John! Oui John! Bien sûr John! John par ci, John par là. Il en choisit trois et les case dans sa superbe Packard bordeaux. Elles rient à n'en plus finir, battent des cils et les rubans de leurs chapeaux font une danse serpentine au gré du vent généré par la vitesse. Toute relative la vitesse, la Packard est une vieille dame, mais elle a tant de classe.

John m'a proposé de l'épouser. Ça c'est l'épilogue. Avant d'en arriver là ce sont télescopés multiples dialogues et regards. Et j'ai seulement été moi.

Il y a tant de péronnelles qui s'activent

pour briller auprès de lui que je me doute que John est d'importance. Alors je regarde la scène, amusée. Et il me remarque. Juste un regard un peu appuyé. S'attend-t-il à ce que je joigne la cohorte qui espère être dans le prochain tour de manège? Je soutiens juste son regard sous ma capeline bleue où percent mes yeux noirs. C'est peut-être un appel, pour moi c'est juste une affirmation.

Au grand dam de toutes ces dames il gare la Packard. Me propose un verre dans l'enceinte du château. La vraie conversation commence sur les chapeaux de roues, il m'annonce qu'il possède dix-sept voitures. Lasse d'avoir affaire à la même sérénade de mon porte-monnaie pèse lourd, je décide de m'amuser. Les joutes verbales me fascinent, j'aurais tant aimé qu'elles fussent encore à la mode comme dans les salons de la cour de Versailles. Je lui rétorque que le problème est qu'il ne peut en conduire qu'une à la fois alors dix-sept ou trente-six... John me distille que le choix est important parmi toutes les beautés. Ah, il m'intéresse un peu plus. L'autre point marquant de notre longue conversation, dont tous les menus détails m'échappent à aujourd'hui, fut sa maison.

Oui encore évoquer les possessions. Je me fais construire une tourelle pour rendre ma bâtisse plus exceptionnelle et remarquable m'énonce-t-il tout de go avec un air de châtelain. Quoi, un donjon, une échauguette en plein Oakland!

L'histoire de France avec sa kyrielle de châteaux me permet une argumentation sûre quant au look de la construction. Et je me montre moqueuse, à dessein. La liberté de tout un chacun me tient à cœur mais en l'occurrence je veux être piqueuse. Et j'atteins mon but. Il est piqué à vif. Il continue alors avec un autre détail qui m'a plus qu'éberluée. C'est pantoise que j'apprends que toutes les poignées de ses meubles de cuisine sont en argent massif. Une déferlante d'adjectifs peu recommandables me vient au cerveau. Et ma foi je lui en fais part. Il m'apprend que personne jamais n'ose lui parler ainsi. Peu m'en chaut. Le mauvais goût doit être dénoncé je lui réplique.

Soudain son visage change, ses yeux gris se voilent, son arrogance se carapate, sa voix s'adoucit. Il entre dans des confidences intimes et hyper personnelles.

Il va avoir soixante ans, il se sent vieillir et le conçoit uniquement avec une femme, une vraie, celle qui saurait l'aimer lui pour lui. Il avoue qu'il s'ennuie tant qu'il dépense son argent futilement. J'ai vu. Que tout est si artificiel et superficiel. J'ai vu.

Que ma beauté le chamboule, que mes mots le réveillent, que ma différence l'inspire, bref qu'il n'a jamais rencontré de femmes comme moi. Oui je suis très loin des femelles en pâmoison devant le paon. Et il me veut à lui. Et ton harem John?

J'ai tout narré à Alix. Elle a beaucoup ri mais avec une grande once d'affliction. Cette mascarade des années 30 est le manteau d'une autre mascarade bien triste.

34

La Plus regrettée

Anniversaire. Le mot est long en bouche comme un Bourgogne Aligoté avec toutefois une certaine âpreté. La rime riche avec adversaire n'arrange pas l'affaire. Cependant ce petit rappel cyclique de la déchéance de nos cellules, se fête, se célèbre, se démarque.

Et la date impacte. Je me souviens parfaitement de la soirée d'anniversaire de mes 20, 30, 40, 50 ans. Mon fait à moi fut que chacune de ces quatre pierres d'ancrage en décennies furent orchestrées par chacun de mes quatre maris. Et voilà que l'aube de mes 60 ans se profile. Pas de mari à l'horizon, c'est une année aux chiffres ronds dans leur graphie et leur rang mathématique qui va débuter dans le célibat. Une première.

Extravagance. Les trois "a" forcent à ouvrir grand la bouche comme pour la surprise. Quant à l' "extra" il a un côté riche. Extra c'est au-delà, c'est déjà un surplus de plaisir.

Alors pour mes 60 ans j'ai décidé de marier ces deux mots soit un anniversaire d'extravagance.

Et je me suis offert une croisière sur un voilier super luxe, cabine numéro 1 celle des VIP. 60 m2, salle de bains en marbre, salon, salle à manger et pont privé. Pourquoi ne pas vivre cela lorsqu'on vient d'un milieu médian? Mes 60 ans sont uniques. Moi aussi car je me rends vite compte que je suis l'unique pauvresse sur cet esquif fastueux.

C'est ma toute première croisière. La découverte de ma cabine m'a scotchée. D'abord mon nom en lettres dorées sur la porte. Liz en doré ça fait tout de suite classe. Ma cabine est magnifique! En hôtesse disciplinée j'ai commencé par lire tous les papiers calligraphiés bien en évidence sur la table de salon près du seau pour la bouteille de champagne, du bouquet de fleurs exotiques et des fraises trempées dans le chocolat, outre les notices d'informations se trouve aussi un bon d'accueil d'une valeur de trois cents dollars à dépenser dans les différentes boutiques ou au casino. Super!

Trop cool! Les serviettes de toilette sont pliées en forme d'éléphant! En fait chaque jour cet art du pliage va m'offrir un différent petit animal en coton éponge.

Les sept ponts et entre-ponts m'enchantent. Comme une gamine je passe avec jubilation d'un pont à l'autre par les escaliers tout étroits. J'ai tout visité de fond en comble, j'adore.

La première nuit fut délicate. La mer, faisant fi de ma condition de fêtarde d'anniversaire, s'est mise à onduler ferme. Le carrelage de marbre de la salle de bains s'est mis lui, à danser. Mon estomac aussi. De plus les bruits peu coutumiers m'ont tenu éveillée. Il y avait le flussssh régulier des vagues heurtées, les craquements de l'immense ancre elle aussi positionnée à l'avant du voilier comme ma cabine et le vent coulis bataillant dans les tentures bleu azur.

Je remercie mille fois mon acupuncteur de m'avoir nantie de ces bracelets anti mal de mer qui activent un point de pression sur la face interne du poignet et qui ont marché! Le tango de mon estomac s'est achevé et les carreaux de la salle de bains se sont réalignés.

Le lendemain j'ai fait la connaissance d'Hubert le chef, il est français originaire de Lyon bien sûr et il me fait beaucoup rire. Aussi c'est bon de parler français.

D'emblée il m'a dit eh oui je m'appelle Hubert mais c'était avant le... Il n'a pas fini sa phrase car j'ai éclaté de rire, son allusion à l'autre Uber a pulpé mon sens de l'humour.

Il m'a présenté les serveurs qui me sont attitrés, ils sont tous originaires d'Indonésie et je leur demande de m'apprendre les mots usuels en javanais et en balinais. Ils sont tout sourire et d'une gentillesse incroyable. Ils feront tout pour moi car je les considère, les remercie et essaie de parler leur langue.

Découvertes des premières îles. C'est fabuleux, je vis un rêve. Aujourd'hui je suis en France et demain je serai en Hollande, puis encore en France et le jour suivant en Angleterre. Quelle magie! Je me baigne dans la mer des Caraïbes. Le chant des oiseaux me transporte. Aussi je prends conscience que la partie ansée de l'île nous est réservée. Des transats sont installés sous les palmiers et un bar exotique se monte. Des kayaks sont à disposition. Comment imaginer qu'un tel luxe existe. À contrario des autres passagers qui semblent totalement blasés prenant tout pour la normalité, je m'émerveille de tout.

Et puis le soir dîner avec le capitaine et comme je suis la seule célibataire on m'assigne une place à sa gauche. Les autres couples des quatre cabines VIP ont pris place autour de la table ovale. Présentations, Keith le capitaine est australien, de Perth précisément où il habite. Nous échangeons gaiement sur tout, et visiblement le courant marin passe. Il est blond roux, a les yeux bleu clair et son uniforme où brillent des épaulettes dorées conséquentes est d'un blanc immaculé ainsi que ses chaussures. Classe. Le repas est d'une finesse exquise. Les mets sont agréables à l'œil avant de l'être au palais. Les repas américains sont habituellement rapides et peu portés sur l'échange verbal. C'est une culture qui vise avant tout le résultat et non le chemin d'acquisition donc on se nourrit juste pour vivre et certainement pas l'inverse.

Pourtant ce soir-là compte-tenu de la profusion des plats et du service très élaboré de l'équipe des îles d'Indonésie à qui j'adresse un merci en balinais, coup d'esbroufe à la table, nous fûmes maintenus à table près de deux heures. Tout est lent en mer. Ces deux heures nous permirent à Keith et moi d'en venir à des échanges plus intimes car le courant marin passe de mieux en mieux. Nous sommes monopolisés l'un par l'autre. Il s'en rend compte et adresse de temps à autre un intérêt poli à la gente alentour en sa qualité d'hôte d'exception mais revient toujours très vite à moi.

Désormais il se confie, il a 42 ans et

cherche une femme en ligne, mais cela n'est guère fructueux. Petite parenthèse, en français le mot femme revêt deux significations, personne de sexe féminin et épouse, l'anglais fait le distinguo *woman* and *wife*, et en l'occurence c'est une épouse qu'il cherche en ligne.

Quelle est la raison de cette infructuosité, m'enquis-je.

Eh bien qui veut d'un homme qui passe trois mois en mer, revient un mois et repart aussitôt?

Alors était-ce l'effet du vin californien soulignant le turbotin à la sauce je ne sais plus quoi qui me fit répondre moi, et d'ajouter cela me convient parfaitement surtout si je peux l'accompagner de temps en temps. Ah l'audace!

Son regard accroche le mien très longuement. Pour y appréhender si tout le sérieux du monde s'insère dans cette réponse quelque peu inattendue. Mon regard brun franc ne flanche pas.

Et puis il s'arrête de me parler et se

tourne vers son entourage de droite. Bon je l'ai refroidi, tant pis!

Pour une fois que c'est moi qui initie la demande, râteau!

Après quelques moments pendant lesquels je peux détailler les épaulettes dorées et échanger quelques banalités avec mon voisin de droite, il me revient.

Pour m'informer sur la fête d'anniversaire de sa grand-mère qu'il adore et qui va célébrer ses cent ans toute famille réunie à Perth. Une onde d'envie me parcourt car moi-aussi j'adorais ma grand-mère paternelle et me remémorant le conte "la petite fille aux allumettes" de Hans Christian Andersen, j'aurais tant aimé qu'elle fût également centenaire à ce jour.

Quant à moi je fête mes quarante ans de moins que sa grand-mère et étant en comptabilité je réalise que j'en ai dix-huit de plus que Keith. S'il m'a évoqué son âge avec insouciance, je me suis abstenue d'en faire de même. Notre société en fait tout un plat pourtant l'âge ne devrait être qu'abstraction élevée. La niaque de vivre est un geyser toujours en moi. Mais compte-tenu de sa réaction devant mon oui présomptueux, je pense qu'il a pressenti de ma vétusté.

Nous devisons courtoisement jusqu'au fabuleux dessert façon gâteau opéra. Bravo Hubert! Clic clac terme désuet pour la photo souvenir de ces exquis espaces temporels qui suit la levée de table.

Toutes ces fabuleuses journées de visites d'îles des Caraïbes, hier en France, demain aux Pays-Bas, puis en Angleterre puis de nouveau en France pulsent ma notion d'existence. Ces adaptations au quotidien sont challenges que j'aime à expérimenter et qui me font sentir si vivante.

Les soirées offrent différentes activités selon les ponts. Pont 6 spa et boutiques, pont 5 jeux et spectacles, pont 3 conférences, pont 2 piscine et bars, pont 4 bal, pont 1 restaurants et pont 7 casino. J'ai sympathisé avec beaucoup d'hommes. Fait notoire car les couples américains sont inséparables et au moindre détour, la femme apparaît pour remettre la pendule à l'heure. Il faut croire qu'en croisière sur la mer semble régner comme une brise de liberté, tous sont en couples et depuis fort longtemps alors c'est la récré. Mais voilà comme de coutume je suis objet rare car suis en solo.

Une femme seule développe l'instinct chasseur, pour une fois qu'il y en a une.

Les femmes papotent entre elles et les hommes papotent avec celle qui ne papote pas avec les femmes, moi. Ce sont majoritairement des chefs d'entreprise, des chefs de clinique, des chefs de chefs et de très riches retraités qui bijoutent à outrance leur moitié. C'est Rodney avec lequel j'ai le plus d'affinités, il est simple; pas d'esprit du tout, bien au contraire mais de contact. Juste comme Hubert. J'ai un côté étude de notre société qui m'enjoint à fréquenter tous les milieux pour comprendre, pour savoir de quoi je parle. Rodney est en train de m'expliquer qu'il a pris sa retraite à 60 ans et que depuis son couple ne vit plus qu'en croisières. Ils ont vendu absolument tous leurs biens afin de poursuivre leur vie essentiellement sur des bateaux grand luxe aux destinations de contrées lointaines. Il m'affirme combien c'est rassurant et facile, il y a des médecins à bord, la gestion du quotidien est totalement prise en charge et après un dur labeur très rémunérateur il est temps de profiter des bienfaits de la vie. Ils ont parcouru le monde entier plusieurs fois et ont de nombreuses connaissances, rencontrées lors de tous ces périples, avec lesquelles ils partagent leurs voyages.

D'ailleurs il me demande si je compte partir au Japon, prochaine destination de croisière proposée par la compagnie. Je lui ai pourtant dit que j'étais prof de langues et divorcée sans aucun avantage. Qu'à cela ne tienne, tout est possible dans cette eau des Caraïbes. Rodney me complimente beaucoup, il n'a de cesse de savoir d'où je viens, qui je suis, ce que je fais de ma vie, il m'offre le meilleur champagne. Il drague, quoi. Et Cindy sa femme s'en fout. Je ne suis pas bien sûre qu'ils aient une vie de rêve. Le grand luxe au quotidien ne veut plus rien dire et en couple 7/24 me paraît acrobatique. L'argent à flots offre choix de vie(s). À tout un chacun de faire les bons. Durant la croisière, Rodney ne sera jamais loin de moi.

Keith m'a rejoint à deux reprises pendant les soirées des ponts. Une fois pour me faire visiter toute la partie opératrice du voilier. J'ai des photos de moi à la barre, tout est informatisé mais ce symbole a perduré. Et une autre fois pour me murmurer prestement à l'oreille, demain 22h30 pont 7 casino partie bar au fond à droite.

Je suis toute chamboulée. Que cache cette rencontre presque cachée?

Or demain c'est le 19 décembre, jour de mon anniversaire.

Le matin du 19 je file à la boutique bijouterie où Agnieszka, la vendeuse polonaise avec qui j'échange quelques mots de polonais, résidus de mes voyages, me présente une paire de boucles d'oreilles peu commune qui, m'assure-t-elle, pendraient avec grâce et élégance le long de mon ovale visage mettant en valeur la finesse de mon cou. Tout en admirant l'objet, je la questionne sur sa vie à bord, sa vie tout court. Elle est étudiante et a trouvé cette façon idéale de rémunérer ses études tout en voyageant. J'aurais dû y penser lorsque j'étudiais. Regret.

Les boucles d'oreilles sont vraiment magnifiques. Bleu, or et noir en sont les couleurs. Elles se divisent en trois parties qui s'affinent. La première partie est ovale et sur la pierre bleu mat se distingue la silhouette d'une femme gravée façon camée. Elle porte une corbeille de fruits sur la tête et un bouquet de fleurs à la main, son vêtement est transparent et laisse voir ses seins. Je suis surprise des multiples détails sur une si petite surface. La deuxième partie est aussi ovale et arbore en son centre de jolis filigranes dorés et enfin la troisième partie est une pierre bleue taillée en facettes. Sur leur face interne figure la signature de l'artisan. Je les essaie et c'est vrai qu'elles font leur effet. Et hop, le bon d'accueil pour payement. Mon cadeau d'anniversaire à moi-même. Puis je me dirige vers le spa, un petit massage, une manucure et passage entre les mains de la coiffeuse. Moment flou, tout en lissant mes cheveux elle m'énonce, vous connaissez bien le capitaine n'est-ce pas, vous êtes une proche? On vous voit souvent ensemble. Mes cheveux ébauchent une ondulation malgré le lisseur. Non je ne suis pas une proche du capitaine. Ah bon je croyais.

On jase sur le voilier. Il fallait s'y attendre, je suis une fausse note sur le rafiot.

Cette journée d'anniversaire fut une des plus belles qu'il m'ait été donné de vivre.

Pigeon Island, Angleterre. Île magnifique, journée mirifique. Orchestre autochtone pour un pique-nique insulaire avec nappes blanches, décor d'orchidées, excellente nourriture à profusion, je me confectionne des micro assiettées qui me permettent de tout goûter, et joyeuse compagnie, Rodney s'empresse de me servir et de remplir mon verre, tandis que la femme de Rudy s'aperçoit qu'elle a perdu un diamant qui valorisait son lobe. Elle en est toute contrariée, je peux le comprendre vu la taille de l'autre diamant d'oreille désormais solitaire. Je l'aide à chercher et lui promets un dragage de plage approfondi cet après-midi. Rudy ému de ma sollicitude s'empresse auprès de moi tout sourire et me confie qu'il a souscrit une assurance pour tous les bijoux de sa femme, dragage inutile donc mais invitation l'après-midi à une balade au château de l'île et en canoë. De belles photos à prendre m'assure-t-il, vue incroyable de toute la baie depuis tout là-haut. Oui mes photos sont superbes.

Et une belle surprise m'attend ce soir.

Je me suis pomponnée et vêtue au mieux, robe rouge confectionnée au Japon tissu genre organza (l'étiquette est rédigée en japonais alors mystère sur la matière) et escarpins assortis. Le bleu de mes boucles d'oreilles juste acquises détonne mais j'aime ça.

Je dois dire en toute modestie que mon entrée en salle fut remarquée. Dommage pas de capitaine Keith à l'horizon, mais Rodney et Rudy accompagnés de leurs épouses respectives me convient à leur table. Des rubis rutilent autour du visage de la femme de Rudy, pas trop de souci donc pour le diamant égaré, il y a matière à remplacement.

Repas aux frontières du plus-que-parfait. Je félicite Hubert qui me régale de ses facéties qui me font rire gorge roucoulante. Et puis le dessert arrive couronné de bougies et de lumières petits feux d'artifice apporté par Hubert en personne et toute l'équipe des serveurs indonésiens. C'est un tiramisu, un gâteau que j'adore, lui ai-je dit? Hubert entonne la chanson de circonstance en français, les serveurs en indonésien, puis toute la salle en chœur en anglais et après, des applaudissements. Mon émotion est à son comble, je ne m'attendais pas du tout, mais alors pas du tout à tout cela. Je suis assortie à ma robe et des larmes me viennent. De ma naissance à mes 20 ans mon anniversaire ne fut jamais célébré, l'excuse étant la proximité des fêtes de Noël.

Je n'ai jamais eu de cadeau d'anniversaire, celui de Noël officiant pour les deux évènements. Enfant et adolescente, je n'ai donc jamais eu de fête pour accréditer ma naissance, un peu comme un nihilisme de ma venue au monde. Mariée à 19 ans, c'est mon premier mari qui m'a apporté une pièce montée ponctuée de roses en sucre pour faire vivre le premier jour de mes 20 ans. C'est dire combien 40 ans après mon émotion a refait surface amplifiée, genre tsunami. Stop! Pas de larmes mon maquillage doit être impeccable pour 22h30. Je me ressaisis vite aidée par la conversation de Rodney.

Pourquoi je n'ai de cesse que de m'enquérir de l'heure. C'est ton jour Liz, relaxe, déguste-le!

Quelques minutes avant l'heure convenue, j'entre dans le casino pont 7. Il y a beaucoup de monde comme chaque soir, mais ce soir tout particulièrement, j'entr'aperçois Keith qui m'a cueillie dans ses yeux et qui semble quémandeur. Soudain j'entends des "Happy Birthday Liz!" qui fusent de toutes parts et on me tend des bouteilles de vin, de champagne, des fleurs, des sucreries. Juste le temps de m'ébahir et me voilà happée par Rodney qui m'entraîne vers un profond canapé bleu où sont installés sa femme et le couple Rudy afin de déguster un excellent digestif pour me célébrer. La notoriété a de décevantes facettes. Je l'apprends. Capitaine Keith et moi échangeons le même regard triste et impuissant. La destinée en a décidé ainsi. Je le regarde quitter le bar attenant au casino. Il me faut outrepasser la forte déception et offrir à mes amis d'un soir un visage plus qu'heureux.

J'ai passé les trois derniers jours de la croisière à attendre un signe de Keith et c'est avec chagrin que je regarde les couples danser chaque soir en espérant qu'un cavalier de blanc vêtu me demande d'illustrer la musique moi aussi.

En vain, seul Rodney s'est aperçu et s'est soucié de ma tristesse. J'aimerais danser je lui rétorque, il a bien pensé à m'inviter mais ne le fera pas par respect pour son épouse. Je comprends bien sûr mais quitte à le blesser je lui dis que ce n'est pas avec lui que je voudrais danser. L'étroitesse d'un bateau rapproche ses passagers, Rodney et moi avons développé une complicité. Demain il disparaîtra de ma vie, lui constant voyageur en croisières, moi constante travailleuse aux exceptionnels extras. Alors je m'ouvre totalement à lui, et sur le pont illuminé qui se reflète dans l'eau, dans la brise nocturne et aux sons d'une musique tendre je lui raconte Keith, le repas du premier soir auquel lui n'a pas assisté n'étant pas cabines VIP, nos échanges achevés par ma proposition de mariage directe et sans fioritures, la réaction de Keith, la visite du poste de pilotage, la coiffeuse et ses insinuations, le rendez-vous manqué et la disparition de Keith.

Il me console alors en m'apprenant que depuis le naufrage d'un bateau de loisirs tel que le nôtre les capitaines ont un règlement très strict à observer. Ils doivent être constamment en éveil et constamment en responsabilité afin qu'aucune perte de vigilance ne soit à blâmer en cas de problème. Rodney m'explique que le naufrage eut lieu alors que le capitaine était tendrement occupé avec une passagère. Il m'assure que toute conduite un peu suspicieuse peut gravement nuire au capitaine. Or si la coiffeuse détenait cette information d'autres membres d'équipage aussi. D'où l'attitude de Keith. Cela me console à moitié. Je me prends à penser que j'aurais peut-être aimé cette vie totalement différente à ses côtés sur la côte australienne et sur la mer pour visiter d'autres contrées. Tentant mais à l'eau. Keith adore sa grand-mère, Keith adore sa famille, la famille et j'ai 60 ans, facile de le lire sur mon passeport. C'est une femme fraîche qu'il veut et je le comprends.

Dernier regard échangé avec lui sur le quai de Puerto Rico où en capitaine dévoué il a salué tous ses passagers (176 exactement nombre réduit car cyclone en septembre dans les Caraïbes et beaucoup d'annulations). Je n'ai rien lu de particulier dans ses yeux lorsqu'il s'est adressé à moi et j'en ai été touchée.

Keith est lumineux dans ma boite à souvenirs comme beaucoup de mes hommes précieux.

À moi donc de voir l'adret de mon anniversaire d'extravagance.

55

La Plus exotique

Je suis une sensuelle. Mes souvenirs ont tous un goût, un son, un contact, une image, un parfum.

C'est d'abord un bruit, métallique, impossible à transcrire, qui fait comme un rythme régulier. Les mâts des voiliers s'entrechoquent au gré de la bise et malgré la sonorité mate on dirait une berceuse. Son répertorié et archivé comme prémices de plaisirs. De timides vagues s'allongent sur la petite crique.

Chuintement de duo harmonieux avec les mâtures dodelinantes. Ça sent l'embrun, le sel, les algues et la peau de phoque tout mouillé. Esquisses de Matisse, au loin les palmiers découpent les bleus intenses. Projecteur jaune poussin le soleil vif culmine la scène. L'arôme particulier s'échappe de mon verre, le rhum du Mai Tai se déploie sur mes papilles et me flashe aux îles.

Il a posé ses lèvres sur ma bouche.

J'ai une passion pour les îles, je m'y sens en symbiose, elles sont à part, comme moi. La plage. Marcher. L'eau qui s'aventure sur mes pieds aux ongles abricot nacré, douce caresse qui scintille, titille, rafraîchit. Hum j'adore. Je suis à Hawaii, du moins c'est ce que la déco de ce bar-restaurant posé sur la lagune essaie de me faire croire. La tapisserie arbore une thématique tribale, genre tatouage ancestral dans les tons ocres, et l'osier prédomine, le mobilier, les luminaires s'en parent abondamment. Quelques sculptures naïves en bois foncé émaillent les recoins oubliés. Il y a des fleurs d'hibiscus dans la chevelure des serveuses et des fleurs de gardenia ou d'orchidée dans les cocktails. Hautement exotique. Fraîchement débarquée de Paris mon ressenti est à son comble. L'ailleurs.

Le lointain. La découverte. L'absence de mur heurtoir sur le côté gauche de la salle centrale est judicieuse, le vitrage sol-plafond totalement impudique dévoile ainsi la crique, les voiliers, les palmiers, le ciel, le soleil et surtout la mer sur laquelle l'édifice a été déposé là par désir artistique. Réussi.

La musique douce du ukulélé roucoule. L'ambiance est persuasive comme un cerveau qui atteste l'imaginaire. On s'y voit, on s'y croit, on y est. Nous avons élu une petite table pour deux à l'opposé du bar grandiloquent et sonore qui exhibe cuivre et bambou, nous sommes près du vitrage-paysage. J'admire. Une serveuse à la robe ponctuée de fleurs de là-bas sur fond turquoise se présente. Une fleur d'hibiscus orangée est calée sur son oreille, détail qui m'enchante. Celle qui m'accompagne et qui va devenir l'une de mes plus précieuses amies sur ma nouvelle terre de résidence me conseille la boisson locale, le Mai Tai. Tout est nouveau et mon humeur se régale. Soudain un phoque sort sa tête de l'eau, je le surprends avec gaieté, il regarde à droite, puis à gauche comme s'il cherchait quelque chose ou quelqu'un et disparaît aussitôt en me laissant un sourire aux lèvres. La Californie est enchanteresse. Mon regard fait le marathon. Je me gorge de tout et j'aime. La serveuse vient de déposer deux autres verres de Mai Tai en indiquant qu'ils sont offerts par le monsieur là-bas. Je me retourne et il m'adresse un étincelant sourire accompagné d'un geste signifiant puis-je m'asseoir près de vous. Je consulte mon amie, feu vert. Le voilà donc qui, nanti d'une chaise, s'avance vers nous. Il est brun, grand, élégant, a un visage agréable et le verbe aiguisé. Présentation faite, il s'enquiert de certains de mes détails personnels tout en fixant mon annulaire gauche dépourvu de toute attache. Puis il parle de lui. Je le trouve tellement gentleman de s'être intéressé à moi en premier lieu, visiblement il ignore, avec politesse toutefois, mon amie, et tout m'est adressé. Tant d'hommes parlent, d'eux surtout, et se racontent et racontent en oubliant d'écouter et de partager. Un bon point pour lui que je révise illico car surgit sur la table un album-photos. Il nous a annoncé au préalable qu'il exerçait la noble profession de gynécologue et mon sexe s'est refermé comme un joli coquillage tandis que mon cerveau m'envoyait une image peu agréable. Bon point out.

Il est noir simili cuir de taille moyenne et recèle moult instants de vie, cet album-photos qu'il ouvre prestement et qui me dévoile de prime abord sa maison [a-t-il agencé sa vie tel un porto-folio?] son lieu de résidence est énoncé, cela ne me dit rien car je suis nouvelle dans la région, c'est un coin prisé et très côté m'assure-t-il, je veux bien le croire au vu de la taille de la maison, de la profusion luxuriante du parc-jardin et du bateau de plaisance amarré sur la rivière qui jouxte l'habitat, puis viennent les deux magnifiques chiens labradors et enfin ses deux fils qu'il a gardés pour le dessert, ils sont intelligents et adorables et fréquentent les lieux une semaine sur deux puisque je suis divorcé conclut-il en refermant délicatement le recueil biographique. Tout est bien léché. J'ai émis quelques commentaires brefs et neutres à chaque photo et j'attends la conclusion de cet étalage de vie privée. Elle arrive. Alors voilà vous êtes la femme de ma vie et si vous le souhaitez nous pourrions nous marier. J'avale ma salive et ma vessie m'informe qu'elle nécessite une action presto. L'émotion, le Mai Tai, la sidération, l'excuse tout cela en même temps mais envie très pressante. Je le prie de me pardonner cet instant intime de petit tour aux toilettes et je quitte la table. Même de dos je ressens son regard perçant qui me pique près des fesses. Arrivée dans les toilettes très hawaiiennes elles aussi puisqu'exposant un gigantesque tableau représentant la dernière reine de Hawaii, jolie la dame, plantureuse à souhait mais magnifiquement vêtue. Je me regarde dans le miroir et avise mes yeux qui ont troqué l'ovale pour le rond tant la surprise fut forte. Comment réagir devant cet énergumène au discours millimétré et élaboré? Se ballade-t-on couramment avec un album-photos résumé de vie? Son medium pour la drague? Quelques fous sont en liberté, c'est tombé sur moi, et naïve, et s'il était sincère? Mon premier contact sexuel aux États-Unis s'avère peu commun. Un dernier coup d'œil au miroir en pied et je pousse la porte battante, la tête pleine de points d'interrogation. À peine parvenue au centre de la salle densément peuplée à cette heure propice à la collation, le voilà qui surgit devant moi, m'enlace et appuie ses lèvres sur ma bouche en essayant de la forcer. Mon souffle est coupé et mon soufflet prêt à partir mais consciente des regards alentours posés sur le couple que nous formons, je m'abstiens pour ne pas ajouter le bruit d'une gifle à la musique du ukulélé et surtout ne pas provoquer de scandale. Il joue gros, nous sommes aux États-Unis et on ne plaisante pas avec tout ça. A-t-il vraiment subi une irrésistible pulsion? Je ne le saurai jamais.

Mon histoire s'arrête là, ma mémoire a totalement effacé ce qu'il est advenu pour conclure cette aventure. Mon amie témoin pourra peut-être me renseigner. Le fait eut lieu il y a quelques années et depuis, ce bar-restaurant appartenant à la chaîne Trader Vic's est un de mes points d'attache sacrés, non pas pour y célébrer cette péripétie extraordinaire mais pour la magie du lieu dans lequel je convie toutes mes personnes très spéciales.

La Plus rock and roll

Une grande bâtisse aux volumes peu harmonieux et à la couleur hésitante entre dans mon champ de vision.

Puis les rires, les voix qui se mêlent en plusieurs langues et les cris joyeux des enfants tintent à mes oreilles.

Un petit orchestre a pris place dans le coin le plus ombragé du jardin. Ce sont de jeunes adolescents qui nous charment les tympans avec des musiques rythmées connues de tous.

Ambiance. C'est l'été, le soleil flashe les couleurs des fleurs et des robes des femmes. Il s'infiltre dans les feuillages pointant son curieux visage et scintille sur les muscles des bras des hommes qui s'affairent autour des barbecues. L'odeur de la viande grillée enveloppe les nombreux convives titillant un appétit naissant.

Plusieurs tables arborant des nappes à carreaux ou des imprimés provençaux regorgent de salades composées, certaines très inventives -chair de crabe, épinards frais et avocats- et d'une multitude de victuailles.

Martin a invité une soixantaine de personnes et il a vu grand pour satisfaire tous ses amis.

Aujourd'hui il fête ses cinquante ans et ses plus beaux cadeaux sont tous ses amis réunis dont je fais partie.

Je les connais tous, nous venons tous de la même communauté et partageons tous une même joie de vivre à la française en ces terres américaines.

Je n'avais pas encore remarqué les bassines ovales en aluminium galvanisé qui, transformées en petite banquise ayant subi le réchauffement climatique, laissent entrevoir parmi la glace éparse les cols des bouteilles coiffés de capuchons d'or. Du champagne assurément.

Martin aime ce que son territoire d'origine recèle de plus précieux en son terroir: ce vin doré plein de vie animé de baisers ascendants qui s'expriment en surface.

Serait-ce ces bulles éphémères qui lui confèrent cette vertu? Le champagne m'enivre juste suffisamment pour quelques éclats de rire, des yeux heureux et des moments pétillants tout cela durant seulement quelques instants. Et ce soir-là, à nous deux, Vincent et moi nous ne bûmes pas moins de six bouteilles de l'excellent champagne que Martin avait sélectionné avec grand soin.

Vincent est beau et il le sait. Il est grand, brun et ses yeux bleu vert ont une intensité qui ne suffit pas à effacer une peine, une tristesse sous-jacente, un je-ne-sais-quoi de reste de douleur. Ce qui lui donne un charme fou. Il y a très longtemps qu'il me plaît et la réciproque semble vraie mais marié alors barrière.

Je ne montre rien, mais souvent il n'est pas nécessaire de montrer ou de cacher, tout se joue subtilement dans l'invisible, dans l'alchimie.

Les plus gloutons ont assiégé l'espace barbecue, assiette à la main, ils regardent les brochettes de bœuf qui grâce à un algorithme bien orchestré, ponctuent chaque morceau de viande d'un feston d'oignon, de tomate et de poivron.

J'ai toujours admiré la dextérité des invités des buffets. Debout, ils parviennent, tels des serveurs aguéris de bistrots parisiens, à tenir assiette pleine, verre et serviette sans que rien ne choit.

Et de plus, ils sont capables d'assurer une conversation souvent gentillette et futile en grignotant le contenu de leur assiettée et en se délectant de leur breuvage. Quant à moi, je suis toujours prise d'un énorme embarras lorsque je mange et parle tout à la fois, de surcroît l'équilibre précaire de tout ce qui encombre mes mains totalement dépassées par le nombre d'éléments à gérer, déstabilise mon naturel. Sans ajouter la crainte qu'un malheureux bout de tomate ou de poivron ne vienne s'immiscer malencontreusement entre mes incisives. Ce qui réduirait ma séduction, même émaillée d'échanges intelligents, à zéro. Or Vincent est dans les parages. J'ai donc résolu le problème, je me déplace d'un petit groupe à un autre avec mon verre à champagne tenu avec élégance, et je sirote le liquide ambré entre quelques mots. Jusqu'à présent Vincent et moi nous n'échangeons que quelques œillades neutres, sans sous-entendus. Cependant lui comme moi nous savons exactement où l'autre se trouve.

Martin est drôle, il sait maintenir son assemblée radieuse, de bonne humeur avec en extra le plaisir du bien manger et du bien boire.

Ayant sué autour des barbecues, le voilà qui de la fenêtre de sa chambre nous apparaît torse nu en faisant virevolter son T-shirt avant de le lancer via ses convives à la manière d'un bouquet de mariée ou de sous-vêtements de star. Toutes les femmes ont applaudi et ont exclamé leur fougue en voyant le torse viril de Martin. Il est fier de son effet sur la gente féminine. À cinquante ans cela peut rassurer. Il est vrai qu'il est plutôt bien bâti. C'est lui le roi de la fête et il sait comment s'attirer les projecteurs.

J'ai peu mangé pour les raisons ci-dessus évoquées mais également parce que j'ai l'estomac recroquevillé en forme de point d'interrogation puisque je perçois de façon éthérée qu'il va se passer quelque chose de fort entre Vincent et moi.

Le lien entre nos regards est devenu intense. Je me donne bonne conscience en me disant que je resterai passive et juste amicale.

Que nenni!

Le soir tombe peu à peu, voile théâtral qui passe le relais à la nuit.

Il fait doux, toujours des rires, des bruits caractéristiques de bouchons de champagne libérés et soudain la sono.

Martin s'est fait beau après sa douche et il enjoint tout le monde à venir danser dans le grand salon.

Le sol est gris anthracite, les murs sont également de couleur foncée, et il y a çà et là savamment disposées quelques sources de lumière ténue qui subliment une atmosphère de mystère.

De grands canapés avec force coussins délimitent les contours de la pièce. J'en ai compté quatre dont deux se faisant face. Martin a préparé une bande son pour la soirée avec des tubes allant des années quatre-vingts à aujourd'hui, élus pour leur aptitude à générer les mouvements des corps.

Absolument tout le monde danse. La joie règne. Les paroles des chansons sont scandées par tous enflant grandement le volume sonore. Les voisins seront indulgents. Aujourd'hui Martin a cinquante ans.

Et puis… L'osmose. Jamais de ma vie je n'ai vécu cela.

Je ne sais comment Vincent se trouve désormais face à moi, le regard conquérant, et nos pas de danse naissent en duo parfaitement accordé. Nous voilà dans une sorte de transe, nous faisons l'amour vaporeux tant nos corps sont en communion et magnifient la musique ambiante.

Le champagne, la pénombre, le désir, la parade presque animale, le cœur de la musique.

Jamais nous ne nous rapprocherons ni ne nous toucherons, à ce stade c'est du domaine de l'inutile, nous sommes au-delà.

Durant plus de quatre heures nous alternâmes danse et champagne. Puis la trêve. J'ai choisi le plus grand canapé qui me semble bleu, je ne peux en discerner la couleur exacte, la pénombre au cours de ce début de nuit devenant encre de Chine.

À peine installée, tant galvanisée que je ne ressens aucune fatigue, deux hommes prennent place près de moi. Il s'agit de Mike et de Jordan, je les connais très bien et c'est avec un grand sourire qu'ils s'affalent à leur tour dans ce grand canapé providentiel. Eux aussi ils se sont bien illustrés dans les chorégraphies de rocks.

Puis un troisième larron vient à son tour s'échouer auprès de nous, sueur au front et souffle court. Je le reconnais dans le noir, c'est Ken.

Martin a le pouvoir de savoir entraîner tout son monde autour des buffets ainsi que sur la piste de danse. Il est assez tard, temps pour les coquineries du soir. Auprès de ces trois danseurs épuisés et après une conversation de convenance, nous nous fréquentons dans la vie œuvrée mais nous sommes ici pour l'oublier, nous dévions sur des sujets plus personnels. Ils sont tous trois américains mariés à des américaines et se montrent curieux sur les femmes françaises et leurs amants. Je sens que mes détails les aiguillonnent et voulant en savoir encore plus, ils me questionnent sur les différences entre les amants français et les amants américains. Je tâche d'être claire et objective et je sens l'intérêt grandissant.

Pourquoi t'es-tu mariée quatre fois, pourquoi juste ne pas vivre ensemble?

C'est Jordan qui m'interpelle de la sorte, sur quoi Mike enchaîne: as-tu eu des rapports sexuels avant tout mariage? Réveillez-vous les gars, on est plus en 1950!

Et soudain Ken a l'idée de génie:

"Elle a fait l'amour avant et c'est pour ça qu'on la demande en mariage!"

Autrement dit le sexe réjoui entraîne l'union sacrée. Bien que quelque vérité se fasse jour dans cette analyse, elle me semble toutefois réductrice. Mais je sens l'excitation qui monte, qui monte et je pars me servir un énième verre de champagne.

Où est Vincent?

Il a disparu dès que je me suis assise sur le canapé peut-être bleu.

Je prends mon temps, traîne en cuisine et grignote un peu de ce qui reste dans les plats délaissés. En revenant dans le grand salon je remarque que la femme de Vincent s'est assoupie dans le canapé faisant face à celui dans lequel Mike, Jordan, Ken et moi-même devisions quelques instants auparavant. Ils se sont envolés tous les trois.

Je décide alors de prendre mes aises et de m'y installer confortablement afin de reprendre mes esprits après les tourbillons effrénés auprès de Vincent et la discussion intime avec ces amis américains en quête d'informations généralement peu évoquées.

La silhouette de Vincent accroche mon regard, il se dirige vers moi et s'assied très, très, très près de moi.

Une mèche de mes cheveux effleure son bras et nos cuisses se frôlent. Un malaise me chavire tandis que j'observe la femme de Vincent profondément endormie, ses cheveux éparses sur un coussin qui semble douillet, elle est à quelques mètres de nous.

Je n'ai pas du tout récupéré mes esprits et cela ne va pas s'améliorer. Vincent caresse mes doigts puis il me prend la main. Mais que fait-il?

Vincent ta… Doucement, lentement, il se penche sur ma nuque pour y déposer d'incroyables baisers qui me font frissonner jusqu'au creux de mon ventre. Je ferme les yeux pour oublier le canapé d'en face et je cherche à reprendre pied comme avant une noyade. Et puis les mots, ses mots, pourquoi je suis si bien près de toi, pourquoi je suis moi avec toi?

Je n'attends que d'autres instants aussi magiques que lorsque j'ai senti sa bouche sur mon cou mais elle est là. Toujours dans ses rêves, toujours absente sur l'autre canapé.

Vincent glisse à mon oreille, jeudi 16h chez le disquaire, il veut y conjuguer sa vieille passion, la musique et sa nouvelle passion, moi. Il m'avait confié son amour fou pour la musique, toutes les musiques ainsi que ses nombreuses visites dans cet antre dédié aux vinyles d'autres temps. Je ne sais pas encore si j'irai. Et.

Je retourne danser. Martin ne laisse pas la soirée s'effilocher de la sorte. La musique revient à un rythme pulsé et je danse sans Vincent, profondément bouleversée. J'ai encore dansé pour ne pas assister au départ de Vincent et de sa femme, et je me suis étourdie sur les notes puissantes de la batterie.

Je remercie Martin pour cette extraordinaire soirée, il ne saura jamais combien le sens de ce mot est puissant, et je rentre chez moi le cœur tout barbouillé.

J'ai rendez-vous dans une demi-heure. Je suis en avance. Je bouillonne à l'intérieur et pense me calmer en regardant la rue et ses détails avant de… le voir.

Je rentre dans la boutique et tente de m'intéresser aux vieux disques qui s'étirent sur des mètres et des mètres de bacs de rangement. Incroyable.

Le stress m'a gratifiée d'un énorme bouton qui a eu l'idée saugrenue de décorer ma joue gauche. J'ai essayé de le camoufler comme j'ai pu mais même avec le fond de teint il se montre rebelle. J'y suis, j'y reste. Je me sens laide et mal à l'aise, mon naturel m'a quitté. Vincent arrivé à l'heure entre à son tour dans la boutique, pull gris, jean, élégant et souriant. Je me tiens sur mon côté droit, joue gauche oblige et évite les bises à la française au profit du *hug* américain. Il m'enveloppe de ses bras, j'ai envie de fuir. Il tente de m'initier à sa musique chérie et je prends conscience qu'effectivement il est expert en la matière. Ses connaissances semblent immenses.

Voyant mon peu d'entrain, je me sens au bord du malaise intense, il me dirige vers la rue et là me demande de le regarder droit dans les yeux, il tente un baiser, je m'y soustrais. Je me sens défigurée à l'extérieur comme à l'intérieur et je me dérobe à ses lèvres. Alors d'une voix à la fois suave et appuyée il me raconte, il se raconte.

Je comprends aussitôt pourquoi j'ai perçu une peine, une douleur qui voile subtilement ses traits. Il me dit tout de son errance, tout de son désespoir en mots simples et forts presque murmurés. Tout de cette vie maritale gâchée et entachée. Sa femme fut violée très jeune et est sous traitement médical depuis, mais le traumatisme s'est amplifié après ses deux grossesses. À tel point que son intérêt pour Vincent s'est totalement anéanti depuis de très longues années. Années, que Vincent fidèle et présent a endurées avec elle et pour elle, par égard à sa souffrance profonde. Désormais elle fait face à un alcoolisme d'abord latent mais qui s'est fortement développé dernièrement. Un grand silence se fait. Vincent s'assied sur la barrière métallique qui barre l'entrée de la rue à toute circulation et

Liz, est-ce que je peux être ton cinquième mari?

La Plus insistante

Un de mes amis écrivain et philosophe hors pair m'a présenté son éditeur afin de procéder à la publication de mon premier livre.

Ce fut un travail titanesque que l'édition de ce livre, simplement parce que le temps imparti pour sa réalisation était vraiment très court.

Je le voulais fin prêt en seulement quelques mois.

Or, profane en la matière, je n'avais aucune idée de l'investissement généré par ce projet.

Frank, l'éditeur de mon ami philosophe, et moi y travaillâmes d'arrache-pied de multiples heures hebdomadaires.

Et, le livre fut prêt en temps voulu et apporté à son destinataire comme programmé.

Toutes ces heures passées avec Frank développèrent une proximité et une connivence.

Tous les vendredis après d'intenses heures d'élaboration de l'ouvrage, Frank me conviait au restaurant pour des instants de relâche.

Nous apprîmes donc à vraiment bien nous connaître.

Frank est à l'antipode de ce qui m'attire chez un homme, je l'ai toujours considéré d'abord professionnellement puis amicalement. Je ne lui ai absolument jamais montré le moindre intérêt pour une relation autre qu'amicale.

Amitié entre un homme et une femme, vaste débat, mais comme dit l'adage il faut être deux pour danser le tango.

Frank et moi partageons le même statut sociétal, à savoir aucune famille à proximité, pas de conjoint, Frank a une maîtresse juste pour le sexe, moi cette configuration d'un amant juste pour le sexe m'est inconcevable donc je suis libre comme le zéphyr, nous sommes tous deux travailleurs indépendants et n'avons aucune descendance, donc pour résumer nous jouissons d'une immense indépendance menant à une envergure d'actions infinies selon notre bon vouloir. Rare. Très rare. Tout cela nous a amené à vivre beaucoup de moments en commun.

Pendant plusieurs années et très régulièrement Frank m'a fait part de sa volonté de convoler, de sa volonté d'attacher ma destinée à la sienne. Pourtant ce n'était pas faute de lui expliquer très longuement que de se marier sans amour n'était pas dans ma conception de vie. Pour lui l'amour viendrait, l'amour n'était pas indispensable. Ah bon.

Au bout de la troisième demande en mariage, je me trouvais à court d'arguments et jusqu'alors je ne m'étais jamais montrée dure ou blessante et ne le voulais toujours pas, alors cette fois à la question mille fois ressassée je n'offris que du silence. Y vit-il comme un encouragement?

Il me proposa alors un petit séjour dans la ville de la grosse pomme, la ville de lumières et d'énergies qui vous cinglent l'âme, l'esprit et le corps. New-York ville que j'adore. Frank le savait et tentait ainsi de m'amadouer afin que je tombe enfin dans ses filets. Il m'avait entendu dire que je rêvais de petits diamants d'oreilles. Ainsi me fit-il miroiter une journée de shopping sur la 47ème Avenue où se trouvent tous les diamantaires et où il avait ses entrées.

Nous avions réservé une chambre dans un hôtel très convenable et bien entendu il y avait deux lits.

Nous avions élaboré notre programme ainsi: nous irions voir les diamantaires ensemble et le surlendemain nous aurions un emploi du temps indépendant. Tout cela me réjouissait au plus haut point. J'aurai mes petits diamants et je pourrai donner rendez-vous à François.

François et moi avions eu une brève mais très intense relation et je ne rêvais que de le revoir. Rendez-vous fut pris. Je brûlais d'impatience.

Le lendemain, les diamants. Épopée épique et mémorable. Je ne sais dans combien d'arrières boutiques nous fûmes menés. Ce monde totalement à part me sidérait. Un dédale industrieux où tout un chacun s'activait dans une ambiance feutrée et mystérieuse. Peu de mots, peu de chargements. Le secret.

Leurs mises étaient très particulières ainsi que leur look. Je me sentais dans une autre époque, dans un autre lieu, rien de la grande ville ne s'évoquait. Tendus sur un magnifique velours grenat ils -mes brillants d'oreilles- étincelaient de tous les éclats du prisme. Mes yeux ne s'en lassaient pas. Vint le prix. Trop cher hélas. Frank fut appelé à la rescousse, allez un beau geste pour la jeune dame. J'osais alors demander à Frank de m'avancer les fonds, les diamantaires se faisaient insistants, jamais vous ne trouverez de telles beautés à ce prix. Ils avaient raison mais rien n'y fit. Frank ne réagissait pas. Je n'étais ni sa maîtresse et encore moins sa femme alors pourquoi faire un effort. Se vengeait-il? Peut-être, en attendant mes petits diamants sont restés sur le velours grenat.

J'oublie, demain je vois François.

Il fait nuit et Frank me propose de m'accompagner pour aller à l'hôtel où réside François et où lui et moi avons rendez-vous. Soudain je vois la silhouette de François qui, ayant eu la même idée que Frank de me servir de chevalier galant m'accompagnant en cette nuit new-yorkaise, s'avance vers nous. Les deux hommes se toisent et n'échangent aucun mot.

Frank rebrousse chemin tandis que François me demande pourquoi je ne reste pas avec Frank. Mais enfin François c'est toi que je viens voir!

Je passe une petite heure avec lui. Je sens bien que la conversation que j'essaye de lancer ne l'intéresse guère. Il me fait comprendre ce qu'il veut, une fellation après laquelle il me congédie poliment.

De retour à l'hôtel alors que je me glisse dans mon lit, Frank me demande si tout va bien. Apparemment il a attendu que je rentre et ne dort pas.

Oui Frank tout va bien.

J'ai les yeux pleins de larmes. Le taxi m'a prise pour une pute et ni diamants ni amour.

La Plus désillusionnée

Je viens de m'offrir le RAV4 de chez Toyota. Toute neuve, toute blanche, toute rutilante, cette nouvelle voiture. Cela me change de ma vieille jeep. Plutôt trapue la Toy, je dois m'habituer au volume, à la caméra intérieure suppléant une lunette arrière très rétrécie et aux gadgets, superflus comme attendus. Celui que je préfère: bip bip la portière s'ouvre, bip elle se ferme. À la poubelle la clef d'entrée. Bouffée de petit pouvoir moderne.

Maison, ordi, site de rencontre, tout un programme puisque dénommé de façon tapageuse "L'Élite des célibataires".

Je relis les emails de Jan, aucune faute d'orthographe, anglais maîtrisé, approche courtoise.

Jan slave d'origine (mon type d'homme préféré) 42 ans, joueur de hockey sur glace et n'étant pas trop entrée dans les détails je crois comprendre qu'il travaille dans les finances à l'international, la photo n'est pas mal. Bon j'ai menti sur mon âge et sur ma taille l'un a rétréci et l'autre a augmenté. Je suis plutôt honnête d'habitude mais il faut rendre la tâche difficile aux scammeurs qui comptent sur la solitude désespérée des vieilles de plus de soixante balais pour leur extorquer larmes et picaillons.

Après deux semaines d'échanges gentillets, tiens il me propose un rendez-vous.

Accroche-toi ma belle, cela donne:

"Est-ce que ça te conviendrait de me rejoindre après mon match de hockey dans le bar- bla bla j'ai oublié le nom, à Oakland vers 23h?"

Sur internet j'avise le dit bar à Oakland,

coin pourri qui craint bien.

Première pensée inadéquate, ma voiture toute neuve garée là-bas.

Deuxième pensée tout aussi inadéquate: sans risques on ne fait rien. Et après avoir répondu d'accord je me mets en quête d'une tenue ad hoc. Bottines noires, jean blanc, veste courte cuir noir sur chemisier passe partout.

La chance pas croyable, je trouve à me garer sous un réverbère à 5 mètres de l'entrée du bar.

Un colosse black me barre l'entrée et il doit avoir une vue de taupe car il me demande ma carte d'identité pour être sûr que j'aie 21 ans et plus. Surtout et plus…

Le jean, le cuir, les cheveux blonds longs peut-être, ou moins flatteur la routine.

Un seul client sourit à la scène, Jan.

Il est vraiment top. Veste cuir vieilli faisant ressortir la carrure, allure décontracte. Il m'offre un verre illico et on se cale dans un coin cozy du dit bar. Conversation plaisante, rires, un autre verre? Non merci un suffit.

Pénombre qui embellit.

Minuit 10, je me lance et précipite un peu les choses: "Et pourquoi sommes-nous là? Qu'attends-tu de notre rencontre?"

"Je vais être franc [oui je préfère] tu as écrit que tu étais ouverte d'esprit [ben oui c'est vrai, l'âge, la taille ça suffit comme pas tout à fait vrai, mais remarque bien c'est juste l'esprit qui est ouvert]. Alors voilà je suis marié, j'ai trois enfants et ma femme et moi ne faisons plus l'amour alors je cherche une maîtresse."

Ça c'est du cash!

J'en suis renversée Oakland 23h bar plus que moyen dans lieu peu sûr et rentrer à une du mat pour ça!!!

Je lui fais simplement remarquer que le site de rencontre comporte le mot "célibataires" mais apparemment ça lui échappe. Moi qui visait le couple, la demande en mariage, trop niaise la meuf!

Sur ce je salue le colosse black de l'entrée et je vole dans ma voiture -toujours là- qui sent le neuf. La rage contre moi-même. Je m'insulte et dépasse le 120 dans les rues désertes.

Je me démaquille en pestant. Tous, absolument tous des connards!

Soudain ding message c'est Jan.

"Désolé Liz, n'en restons pas là, tu me plais vraiment, tu es belle, intelligente [la la land, j'en passe donc]"

J'ignore. Je me brosse les dents ding Jan bis.

"Je t'en prie, réponds-moi, je veux absolument te revoir, tu me plais tant,

bla bla bla former un couple bla bla bla"

Au bout du sixième message de la même teneur, j'avise la poubelle email et j'y jette les emails, Jan et le site.

J'ai obtenu un remboursement de la part du site sans tergiversations -il y a des désobligeants chez vous ai-je mentionné.

Alors depuis je ne pianote plus en rêvant au prince charmant m'enlevant sur son cheval blanc.